AF359198

23 JUIN 1913

V

MEUBLES ANCIENS

ET DE STYLE

Marbres, Bronzes

ARGENTERIE, DENTELLES

VENTE

HOTEL DROUOT, SALLE N° 11

LE MARDI 24 JUIN 1913

à deux heures

Mᵉ RENÉ LYON
COMMISSAIRE-PRISEUR
29, rue Le Peletier

M. H. LEROUX
EXPERT
52, rue du Faubourg-Montmartre

EXPOSITION PUBLIQUE

Le Lundi 23 Juin 1913, de 2 heures à 6 heures

CONDITIONS DE LA VENTE

Elle sera faite au comptant.

Les adjudicataires paieront *dix pour cent* en sus des enchères.

Paris. — Imp. de l'Art, Ch. Berger, 41, rue de la Victoire.

DÉSIGNATION

MEUBLES

ANCIENS ET DE STYLE

1 — Commode en marqueterie de bois de rose. Époque Louis XVI.

2 — Secrétaire en acajou, époque du Premier Empire, orné de cariatides en bronze.

3 — Secrétaire en acajou, époque du Premier Empire, à demi-colonnes et orné de bronzes.

4 — Table de salon en acajou, époque du Premier Empire, à dessus de marbre blanc.

5 — Bureau de dame en acajou. Époque Louis XVI.

6 — Table en noyer sculpté. Époque Louis XIII.

7 — Vitrine-argentière en noyer sculpté, de style Louis XV.

8 — Bureau Louis XV en noyer, à dos d'âne.

9 — Commode en noyer sculpté, de style Louis XVI.

10 — Grand secrétaire en acajou. Époque du Premier Empire.

11 — Chiffonnier-vitrine en noyer sculpté, de style Louis XV.

12 — Petite psyché en acajou, à cols de cygnes. Époque du Premier Empire.

13 — Guéridon en acajou. Époque du Premier Empire.

14 — Table de jeu en marqueterie.

15 — Ameublement de salon en noyer sculpté, de style Louis XVI, composé d'un canapé, de deux marquises et de deux chaises, garnis en étoffe brochée soie.

16 — Canapé-corbeille en bois sculpté et doré, de style Louis XVI, à double canne dorée, avec coussin en soie brochée.

17 — Paravent en bois sculpté et doré, de même style, à trois feuilles en soie brochée et gravures en couleurs.

18 — Commode en noyer et marqueterie. Époque Louis XVI.

19 — Armoire anglaise en noyer, avec porte à glace.

20 — Vitrine en acajou, de style Louis XVI, à filets de cuivre.

21 — Deux chaises Louis XIII, couvertes en tapisserie.

22 — Fauteuil Louis XIII.

23 — Ameublement de chambre à coucher en acajou, orné de bronzes, de style Louis XV.

24 — Ameublement de salle à manger en chêne clair sculpté, comprenant : un buffet à deux corps, une table de milieu et six chaises, garnies en cuir estampé.

25 — Sellette en chêne blanc sculpté.

26 — Armoire à glace en noyer verni, de style anglais.

27 — Deux chaises, de style Louis XV, en bois sculpté et laqué blanc.

28 — Deux chaises Louis XVI.

29 — Toilette de la *Maison Porcher* en bois laqué blanc, de style Louis XV ; à dessus de marbre onyx et robinetterie en nickel.

3o — Table ronde pliante hollandaise en bois sculpté et décoré à fleurs.

OBJETS D'ART
ET CURIOSITÉS

31 — Paire de chenets : lions en bronze. Époque Louis XVI.

32 — Deux fûts de colonnes en bois sculpté, peint et doré. Époque de la Renaissance.

33 — Jardinière en bronze, sujets gravés : la Musique et la Danse.

34 — Groupe d'amours en terre cuite peinte, datée : *1762*.

35 — Lot de vases et plats en faïence de Talavera. (Sera divisé.)

36 — Lot de jouets hollandais, décorés à fleurs et personnages. (Sera divisé.)

37 — Surtout de table, composé de neuf pièces en porcelaine de la Chine, à décor d'arabesques en bleu.

38 — Coupe en porcelaine de Chine, à décor d'arabesques.

39 — Deux coupes en porcelaine de la Chine, décor à personnages.

40 — Neuf plats en porcelaine de la Chine, à décor polychrome d'emblèmes et de fleurs.

41 — Lot de plats et bouillottes en cuivre doré. (Sera divisé.)

42 — Deux petits lustres en fer, ornés de cristaux.

43 — Lot d'armes orientales. (Sera divisé.)

43 *bis* — Trumeau, de style Empire.

44 — Faunes et Bacchante. Groupe en bronze, d'après CLODION.

45 — Importante garniture de cheminée en marbre rouge royal et bronze ciselé et doré, composée d'une pendule et de deux candélabres.

46 — Victoire en bronze, sur socle en marbre.

47 — Statuette d'Évêque en bois sculpté et peint.
xvie siècle.

48 — Deux statuettes en bronze : la Renommée
et Mercure, d'après Jean de Bologne.

49 — Diane. Buste en marbre de Carrare, d'après
Houdon.

50 — Petit buste de Mme Récamier en marbre
de Carrare.

51 — Les Trois Grâces. Groupe en marbre de
Castellina.

52 — Deux colonnes en marbre vert. Serpentin.

53 — Groupe en chêne sculpté, du xviie siècle :
la Vierge et l'Enfant.

54 — Deux liseuses en bronze ciselé et doré, de
style Louis XV, avec abat-jour peints à
l'aquarelle.

55 — Psyché, de style Louis XV, en bronze
argenté.

56 — Deux cassolettes en biscuit de Sèvres.

57 — Deux brûle-parfums en émail cloisonné du Japon, polychrome et or.

58 — Paire de vases en émail cloisonné bleu turquoise.

59 — Boîte et théière en émail cloisonné, à décor de fleurs.

60 — Deux assiettes en porcelaine de la Chine, décor à papillons.

61 — Paire de potiches en porcelaine de la Chine, fond bleu fouetté, à médaillons de fleurs.

62 — Lustre, de style Louis XVI, en bronze et cristaux; à l'électricité.

63 — Plafonnier, tulipes, en bronze; à l'électricité.

64 — Suspension à gaz, de style Louis XV.

65 — Paire d'appliques, de style Louis XIV, en bronze; à l'électricité.

66 — Quatre vases et deux plateaux en émail.

67 — Christ en ivoire. Époque Louis XV. Signé : *Norès.*

68 — Petite boîte en émail lisse fond bleu, décor à fleurs. Époque Louis XVI.

69 — Brûle-parfums en bronze japonais, avec couvercle en bois de fer, à bouton de jade.

70 — Deux petits brûle-parfums en bronze japonais.

71 — Paire de vases en bronze japonais, à décor d'oiseaux en relief.

72 — Garniture, composée de trois potiches et deux cornets en porcelaine craquelée de la Chine.

73 — Vase en grès émaillé de la Chine.

74 — Deux plaques en faïence de Castelli.

74 *bis* — Flacon en verre gravé. Hollandais.

75 — Deux statuettes en porcelaine de Dresde.

76 — Six lampes et appliques en bronze ; à l'électricité.

77 — Grande potiche en porcelaine de la Chine, décorée en polychrome de fleurs et d'oiseaux.

78 — Paire de potiches en porcelaine de la
Chine, à décor bleu.

79 — Paire de potiches en porcelaine de Dresde,
décor à fleurs.

80 — Jardinière à fleurs en étain, en forme de
coquillage, ornée d'une figure en haut relief :
Ondine, par LEDRU. *Édition Susse.*

81 — Paire de candélabres en bronze ciselé et
argenté, de style Louis XV.

82 — Paire de vases en marbre rouge, ornés de
bronzes ciselés et dorés, de style Louis XV.

83 — Paire de bouts-de-table en bronze, de
style néo-grec.

84 — Paire de flambeaux, de style Louis XVI,
en bronze ciselé et doré ; à l'électricité.

85 — Deux cornets en faïence italienne.

86 — Paire de vases en faïence de Naples, à sujets mythologiques.

87 — Soupière en ancienne porcelaine de Chine,
décor au dragon ; monture en bronze.

88 — Brûle-parfums en émail cloisonné du Japon, aventuriné.

89 — Six pots à crème en faïence, décor au Chinois.

90 — Vase en porcelaine décorée, imitation de la Compagnie des Indes.

91 — Paire d'appliques en bronze, à glaces. Style Louis XIV.

92 — Petite coupe en bronze, de style Renaissance.

93 — Paire de cassolettes en bronze doré, de style Louis XV.

94 — Petite figurine en bronze : Cavalier arabe.

95 — Vase en métal argenté, de style Louis XVI, de la *Maison Christophle*, orné de figures en relief, d'après CLODION.

96 — Taureau en porcelaine de Saxe, sur socle en bronze doré.

97 — Statuette en biscuit : Enfant portant un vase.

98 — Glace en verre de Venise gravé.

99 — Sac-nécessaire de voyage, garni de neuf flacons et boîtes en cristal, avec couvercles en argent.

100 — Lampe-liseuse, de style Louis XV, en métal argenté.

101 — Deux seaux à glace en cristal et métal argenté.

102 — Canne en rhinocéros, avec béquille plaquée or.

103 — Deux candélabres Empire en bronze doré.

104 — Petite lampe en métal argenté.

105 — Paire de lampes en porcelaine de Chine, montées en bronze.

106 — Saladier, quatorze plats et assiettes et une jardinière en Rouen, Delft, Lunéville et Strasbourg. (Sera divisé.)

107 — Vitrail à figures. Genre xvie siècle.

108 — Paire de vases en porcelaine de Chine, décor de fleurs et d'oiseaux.

109 — Paire de vases-rouleaux en porcelaine de Chine, à réserves de paysages.

110 — Jeanne d'Arc à Domrémy. Groupe en marbre de Florence.

111 — Service de toilette en métal.

112 — Quatre potiches à thé en porcelaine de Chine, décor à fleurs.

113 — Chimère en blanc de Chine.

114 — Groupe et deux bustes en porcelaine d'Allemagne.

115 — Deux boîtes à thé en porcelaine de Vienne.

116 — Coupe à fruits en porcelaine de Nankin.

117 — Vase à fleurs en porcelaine de Nankin.

118 — Paire de vases en émail cloisonné du Japon, à décor polychrome et or.

ARGENTERIE, BIJOUX
OBJETS DE VITRINE

119 — Pot à eau et cuvette en argent, à godrons, pesant 1 kil. 940 grammes.

120 — Glace à main en argent.

121 — Cadre en argent doré et velours grenat.

122 — Paire de petits vases en porcelaine décorée, genre Sèvres, montés en bronze.

123 — Boîte à poudre en argent doré.

124 — Encrier en argent ciselé, orné de figures.

125 — Boîte à poudre et coffret en métal argenté et gravé.

126 — Réchaud en métal argenté.

127 — Deux salières en cristal et métal argenté.

128 — Porte-cure-dents : Dauphin, en métal argenté.

129 — Miniature en ivoire : Jeune femme en costume Louis XVI.

130 — Miniature en ivoire : Portrait de jeune femme Empire.

131 — Miniature en ivoire : Comtesse Potocka.

132 — Miniature en ivoire : Madame Élisabeth.

133 — Groupe en ivoire sculpté : Colporteur et enfant. Travail japonais.

134 — Groupe en ivoire sculpté japonais : Personnage et deux enfants.

135 — Groupe en ivoire sculpté japonais : Bonze lisant et enfants.

136 — Quatre groupes : Industries japonaises.

137 — Deux netskés.

138 — Deux statuettes : Pêcheurs en morse.

TABLEAUX
AQUARELLES, GRAVURES

139 — Berghem (D'après). Vaches au pâturage.

140 — Dupra. Vue de Venise.

141 — Dupra. Nature morte.

142 — École française. Le Rêve du poète. Cadre sculpté et doré. Louis XVI.

143 — École française. Portrait de femme. Pastel.

144 — École française. La Leçon de musique.

145 — École française. Jeune fille, cueillant des fleurs.

146 — École française. Saint Gérôme au désert. Cadre sculpté. Époque Louis XIV.

147 — École moderne. Paysage.

148 — École moderne. Paysage avec cours d'eau.

149 — École moderne. Poules et fleurs. Trois tableaux.

149 *bis* — MORETH (1817). Deux gouaches :
Paysage avec cascade et Paysage et lac avec
barques et personnages. — Mesurant 1 mètre
sur 68 cent.

150 — DE SMET. Paysage par effet de neige.

151 — HERVIER. Paysage animé.

152 — HIERLÉ. Tête d'enfant.

152 *bis* — LANCRET (D'après), Le Malade ima-
ginaire, dessin à la plume. Cadre sculpté.
Époque Louis XIV.

153 — WILL (J.). Guéthany, côté des Basques.

154 — Deux gravures en noir : Jacques II d'Angleterre enfant, et François Ier.

155 — Le Chanteur en foire. Gravure en noir.

156 — Les Pêcheurs, d'après HUET. Gravure en
noir.

157 — Lot de gravures anciennes. Portraits.

158 — Lot de gravures, en feuilles. (Sera divisé.)

159 — Lot d'aquarelles, par DRANER.

DENTELLES, FILETS
BRODERIES

160 — Écharpe en application d'Angleterre.

161 — 3 m. 15 cent. application d'Angleterre. Haut., 30 cent.

162 — Trois bouts de manches en application d'Angleterre et deux cols.

163 — Environ 12 mètres Valenciennes en coupons de diverses hauteurs.

164 — 2 m. 65 cent. point à l'aiguille. Haut., 1 cent. 1/2.

165 — 4 m. 50 cent. point d'Alençon.

166 — Bonnet démonté en point d'Angleterre.

167 — Deux motifs en Bruges.

168 — 7 m. 15 cent. Malines, en quatre coupes de diverses hauteurs.

169 — 1 m. 70 cent. application.

170 — 2 m. 50 cent. application d'Angleterre. Haut., 6 cent.

171 — 2 m. 35 cent. application d'Angleterre. Haut., 9 cent.

172 — 7 m. 5o cent. vieux Cluny.

173 — Deux nœuds de corsage, garnis de Valenciennes.

174 — Deux bonnets d'enfants.

175 — Voilette en Malines.

176 — Paire de bas en soie brodée.

177 — Mantelet en linon brodé.

178 — Couvre-lit en broderie et filet brodé.

179 — Lot de filets brodés, fils tirés. Napperons. (Sera divisé.)

180 — Petite robe ancienne, ornée de dentelle.

181 — Deux portières en tapisserie d'Aubusson.

182 — Chemin en tapis ancien d'Orient.

183 — Trois feuilles de paravent japonais, en broderie de soie.

184 — Objets omis.